Alina Reyes

Tagebuch der Lust

Aus dem Französischen
von Gaby Wurster

BLOOMSBURY BERLIN

Ohne Scham und ohne Falsch erzählen Rosas intime Aufzeichnungen die nackte Wahrheit über die Vorlieben und Gewohnheiten einer Frau und ihrer acht Lieben.

FSC
Mix
Produktgruppe aus vorbildlich bewirtschafteten Wäldern und anderen kontrollierten Herkünften
Zert.-Nr. GFA-COC-1223
www.fsc.org

Die Originalausgabe erschien 2006
unter dem Titel *Le Carnet de Rrose*
bei Éditions Robert Laffont

Umschlaggestaltung:
Nina Rothfos und Patrick Gabler, Hamburg
Gesetzt aus der Stempel Garamond durch psb, Berlin
Druck und Bindung:
Printed in Germany
ISBN-13: 978-3-8270-0689-9
ISBN-10: 3-8270-0689-9

1

Wenn ich mich im Bad gerieben habe, setze ich mich auf den Wannenrand und stimuliere die Muskeln meiner Rose, um das Wasser hinauszudrücken, das ich beim Orgasmus eingesogen habe; sonst läuft es womöglich einige Stunden später plötzlich heraus, und ich muss den Slip wechseln oder, wenn ich nicht zu Hause bin, auf die Toilette gehen, um ihn auszuziehen und in die Tasche zu stecken.

2

Einmal streichelte ich mich, während ich auf dem Gesicht meines Geliebten saß und zusah, wie er masturbierte; sein Kopf steckte unter dem Rock zwischen meinen Schenkeln, ich trug Strapse und schwarze Strümpfe und hatte gleichzeitig mit ihm einen lang andauernden, starken Orgasmus.
Die ganze Zeit, während wir beide uns aneinander rieben, balancierte ich bequem ein paar Zentimeter über seinem Mund und verhinderte, dass er meine Rose leckte und sich benetzte. Doch als ich aufstand, sah ich, dass sein Gesicht ganz nass war. Er sagte, ich hätte ihn gerade mit einem langen, herrlichen Strahl besprengt.

So erfuhr ich, dass auch ich ein sprudelnder Brunnen sein kann. Seitdem hat sich das öfter wiederholt, auch wenn ich bei den meisten Orgasmen, und wenn sie noch so heftig sind, nur eine normale Sekretmenge produziere.

3

Zu 1 – auf der Toilette mache ich es folgendermaßen (ich gehe hin, mache es und notiere):

Die Schenkel auf der Kloschüssel gespreizt, den Rücken an die Wasserspülung gelehnt, Zeige- und Mittelfinger der linken Hand stecken in der Rose, der Ringfinger in der Poritze, die rechte Hand liegt auf der Knospe … So dreht es sich, es kommt und geht, die Finger und die Bilder … Mit geschlossenen Augen sehe ich einen, dem ich Sachen sage, einen, der es sich auch besorgt, während er mich ansieht …, der es dort, gerade vor meinen Lippen, macht … Oh … oh … Ich kann ihn fast spüren …, ich rufe ganz laut seinen Namen … Mein Engel, mein Schuft, es ist für dich …

Ich will es hinauszögern, doch es kommt … Das war's.

Danach will ich pinkeln, ich musste schon vorher, aber nun ist es zu schwierig, ich tätschle meine Rose mit den Fingern, sie ist hart wie eine Sandrose.

4

Ich habe es noch nicht ausprobiert, aber mir scheint, man kann aus 1 und 2 folgende Empfehlung ableiten (für Frauen, die sichergehen wollen, ihren Geliebten mit einem Brunnenstrahl zu überraschen):

Nehmen Sie ein Bad und reiben Sie sich (Sie wissen sicher, dass Wasser die Empfindsamkeit verringert. Legen Sie sich in eine halb volle Wanne und heben Sie das Becken an, damit die Rose kurz an die Oberfläche kommt; Sie können sich auch in der Lust wiegen wie diese anmutigen Delfine, die man früh am Morgen in der Brandung sieht, im Kielwasser der Schiffe, die zu einer fernen Insel segeln);

halten Sie nun das Wasser, das Sie ins Herz Ihrer Rose gesogen haben;

schlafen Sie mit Ihrem Geliebten und machen Sie ihn im richtigen Augenblick wild, indem Sie vor seinen Augen das Wasser heraussprudeln lassen, das Sie in der ganzen Zeit der Liebe warm und schwer gemacht und mit Duft gefüllt haben.

5

Ich mag es, meine Rose den Blicken darzubieten. Sie ist ein Theater für sich, mit ihren Vorhängen, die sich öffnen und wieder schließen. Doch die Spannung, die sie beim Zuschauer hervorruft, ist umso erregender und quälender, als niemals jemand die Bühne betritt – nur der salzige Ausfluss.

Ich mag es, die Schenkel zu spreizen und mich ansehen und betrachten zu lassen. Und dass der Schauende sich so weit nähert, wie er will, vorausgesetzt, er berührt mich nicht.

Und dass er seinen Schaft herausholt, wenn er möchte, und ihn mir zeigt.

Und dass er einen Wunsch äußert, und ich sage Ja.

Ich mag es, Tag und Nacht an die Liebe zu denken.

6

Ich mag es, wenn ich nachts aufwache und meine Rose brennt. Vermutlich hat mich ein erotischer Traum in diesen Zustand gebracht, doch meistens erinnere ich mich nicht.

Ich habe noch nie einen Mann getroffen, dem es unangenehm war, wenn ich unter die Decke schlüpfte und ihm im Schlaf den Schaft leckte. Oder wenn ich mich an seinen Rücken drückte, mit der Hand über seinen Bauch strich und nach seinem glühend heißen Juwel tastete.

Ich bleibe absichtlich im Halbschlaf – denn wenn es ist wie im Traum, ist es noch schöner.

Der Mann freut sich so, dass er mich machen lässt. Ich mag es, im Dunkeln mit geschlossenen Augen seine Milch zu trinken.

7

Wenn er weiß, dass ich unter dem Rock nur Strümpfe trage, legt er sich mitten auf dem Teppich auf den Rücken, und ich steige über ihn. Das mache ich mehrmals hintereinander, ich gehe meinen Beschäftigungen nach und durchquere den Raum über seinem Gesicht, als sei nichts. Wenn ich einen Slip trage, ziehe ich ihn nach mehreren Gängen aus; dann kann ich nicht mehr länger warten, ich spreize die Beine und hocke mich hin, damit er meine Rose besser sehen kann …

Ich lasse ihn seine Hose öffnen oder mache es selbst, ich ziehe sie ein Stück herunter und fange an, mit seinem Juwel zu spielen. Dann nehme ich seine Hand und lege sie um seinen Schaft. Ich mag es, dabei zuzusehen, wie er es sich macht.

So entdeckte ich eines Tages, dass ich ein sprudelnder Brunnen sein kann (siehe 2).

8

Wenn ich vor seinem Juwel knie, bin ich wie ein Kind vor dem Weihnachtsbaum – der aufrecht, glänzend und so schön mit den verheißungsvollen Kugeln vor mir steht. In meinem Herzen bete ich zum Weihnachtsmann und hoffe, dass ich auch brav war und ein Geschenk bekomme.

Mit niedergeschlagenen Augen strecke ich die Zunge heraus, damit er mir die Hostie darauf legen kann. Wenn sein zartes, duftendes Fleisch, seine weiche Haut meine hochempfindlichen Papillen berühren, blicke ich ihm in die Augen, und dann werden wir wahrlich eins.

Wer hat mir diesen Mund geschenkt, wer hat ihm diesen Schaft geschenkt, der nun dort hineingleitet, wer hat uns diese strahlenden, feuchten Augen geschenkt? Stille Nacht, heilige Nacht, lass mich immer die vollkommene Vereinigung in der Liebe finden und darin zerfließen.

9

Ich mag es, wenn man meine kleine Rosette leckt. Ich gehe auf alle viere und drücke meinen Kopf ins Kissen, dann drücke ich den Rücken durch und strecke den Hintern heraus, so weit es geht; damit sich die Backen öffnen, spreize ich die Knie und warte.

Er kniet sich hin, presst sein Gesicht an den langen, geschlossenen Spalt. Wenn sein Mund sich dort festsaugt, dann ist es, als würde eine Schnecke durch mein tiefes Tal gleiten.

Ich weiß, dass er mir danach als Gegenleistung für seine guten Dienste eine brutalere Lust bescheren wird. Mir dreht sich der Kopf aus Angst und Erwartung, ich gebe mich dieser ersten Wonne völlig hin, und meine Ekstase ermuntert ihn, sie lange andauern zu lassen.

Mit der Stirn auf dem Laken, öffne ich manchmal die Augen und blicke durch den Bogen meiner Schenkel hindurch; ganz hinten im Bild sehe ich dann seinen Schaft, er reckt sich ins Leere oder wird von seiner Hand umklammert, die auf und ab gleitet, während sich sein Mund an meiner Rosette festsaugt. Mein Hintern wiegt sich in meinem Glück. Wenn meine Hüften und mein Bauch dann zucken, presse ich mich an sein Kinn und an seine Nase, ich drücke das Kreuz noch weiter durch und biete ihm auch meine Rose dar, damit seine Zunge dort meine Lust vollendet.

An den Schwingungen des Betts spüre ich den Rhythmus seiner Hand, die Veränderungen im Takt und den Moment, wenn er aufhören muss, um nicht zu früh zu kommen. Ich komme rückhaltlos, denn ich habe keine Grenzen.

10

Da war ein Mann, den lutschte ich immer gerne, wenn er sich einen Pornofilm ansah. Wir platzierten uns so, dass auch ich den Bildschirm sehen konnte. Das steigerte meine Erregung, vor allem aber befriedigte ich damit meine unstillbare Neugier, ohne es ihm zu sagen: Ich wollte rausbekommen, was ihn am besten zum Höhepunkt brachte, und er musste meinen Kopf mit beiden Händen von seinem Schaft wegziehen, weil er kurz davor war zu kommen.

Ich mag es, wenn es lange dauert, doch andererseits verliere ich die Kontrolle, wenn ich spüre, wie der Saft kommt; ich brauche das. Die Männer müssen mich immer zurückhalten.

Sobald er sich wieder ein wenig beruhigt hatte, durfte ich weitermachen. Ich lauerte auf das Bild, die Frau, die Situation, die ihn plötzlich dazu trieb, stärker an meinem Gaumen zu pochen und zu pulsieren, die seinen Atem schneller werden ließ und ihn zum Stöhnen brachte. Mit meinem

Mund, mit meinen Augen und Ohren sah ich seine Seele besser, als Worte sie mir je hätten offenbaren können; ich sah das Urprinzip im Anbeginn des Lebens, ich war Eva, die beim Kuss der Schlange erschauerte, ich stand in der strahlenden Mitte des Paradieses und wusste es, und weil ich es wusste, starb ich fast vor Lust.

11

Das Problem bei der Fellatio ist, dass es mir schwer fällt, aufzuhören. Mein Mund und meine Hände, sie wollen nicht von dieser herrlichen Sache ablassen, von diesem wundervollen Spielzeug, diesem Goldgötzen, vor dem ich mich ständig nur niederknien könnte und dem ich nie genug huldigen kann.

Und das, was kommen soll, macht mich noch hungriger und durstiger, und ich will es unbedingt schlucken.

Oder ich will ihn spritzen sehen. Dann könnte ich schreien vor Lust wie ein kleines Kind im Kasperletheater. Oder ich will, dass er mich vor Schauder und Freude zugleich beben und stöhnen lässt, wenn ich ihn auf meinem Gesicht erwarte.

12

Der Junge, der mich entjungferte, zeigte mir, wie schön sein Saft mit Seife schäumt. Das machte ihn so glücklich, als hätte er einen Heliumballon in den Himmel steigen lassen. Alles wurde plötzlich so leicht.

Wenn es möglich war (doch oft machten wir es im Freien oder in einem Gemeinschaftsraum neben Freunden und Freundinnen), wenn wir also Wasser und Seife hatten, wusch ich ihn nach der Liebe gern und summte vor mich hin, während es schäumte. Wir lachten leise, wir waren glücklich.

13

Wenn ich »er« sage, meine ich nicht immer denselben Mann, manchmal meine ich auch mehrere Männer auf einmal. Ich hatte nicht Dutzende, aber dennoch genügend, um Bescheid zu wissen. Die Anzahl der Männer ist weniger wichtig als die Aufmerksamkeit, die man einem jeden entgegenbringt, um ihn kennen zu lernen.

Jeder Mann ist anders, doch selbst der ungeschickteste, selbst der untalentierteste kann Wunder vollbringen, wenn man sich gut versteht.

Am liebsten mag ich Männer, die nicht von ihrer Unfehlbarkeit überzeugt sind und nicht denken, sie wüssten schon alles. Ich mag es, wenn sie geistig rege sind, wenn sie ihre Vorlieben, Wünsche und Erfahrungen mitteilen können, aber auch meine Begierden und Fantasien berücksichtigen. Und sich nicht erniedrigt fühlen, wenn sie unter vielen möglichen Stellungen einmal durch bestimmte Bewegungen oder Bitten für eine Weile in eine eher feminine als maskuline Position kommen. Ich mag es, wenn sie Autorität ausstrahlen, aber auch, wenn sie sich hingeben können.

Ich liebe sie, ich liebe sie so sehr – so, wie sie auf die Welt gekommen sind, in all ihrer grausamen Unschuld.

14

Ich wurde im Wald entjungfert (siehe 12), in meinem siebzehnten Sommer. Es war einer der schönsten Tage meines Lebens. Ich hatte solche Lust, den Körper des Mannes kennen zu lernen und mich durchbohren zu lassen! Am Strand betrachtete ich die halb nackten Jungs, ich fand sie so schön. Ihre Oberkörper und ihre tollen Muskeln, ihre feste Haut, die Konturen ihrer Schultern und Bäuche, ihre kleinen Bizepse, ihre harten Schenkel … Ich erinnere mich daran, als sei es gestern gewesen: das Entzücken, der Schock und die Hitzewallungen, die die Betrachtung dieses gelobten Landes, des männlichen Fleisches, in mir auslöste.

In jenem Sommer sah ich noch kindlich aus, doch nicht mehr so jung, dass man mir die Liebe weiterhin verbieten konnte. Hatte ich denn nicht kurz zuvor meine Regel bekommen? Ich hatte schon so lange darauf gewartet, von meinem Kleinmädchenkörper befreit zu werden.

Nachdem er mich zwei Tage lang geknutscht und befummelt hatte, sagte ich zu ihm: »Ich will Liebe machen.« Wir verabredeten uns im Wald, weitab von allem. Zwischen uns und dem Boden war nur ein Tuch. Wir zogen uns aus, und ich machte mich daran, seinen Körper zu entdecken, ich berührte ihn überall und spürte gleichzeitig den Himmel, von dem die Mittagssonne herunterbrannte, die harzigen Bäume, die sandige Erde voller heißer, knackender Kiefernnadeln.

Nie zuvor war jemand in meinem Körper gewesen. Ich hatte diesen Mann als Opfermesser auserkoren. Ich blutete, es tat mir weh, er kam. Ich war schrecklich glücklich, doch mit Worten ist diese Freude, die Freude über die neue Freiheit, nicht zu beschreiben.

15

Meine achte Liebe dachte viel. Er betete die Frauen an, zumindest in dem Maße, in dem er sie auch verachtete. Dieser Mann war oft in Bordellen und bei Prostituierten gewesen.

Er war zwanzig Jahre älter als ich, er war also schon alt, als ich ihn liebte. Ich begehrte ihn mehr als jeden anderen, aus dem einfachen Grund, weil ich ihn nie gehabt hatte. Er sah meine Rose nicht, ich seinen Schaft nicht, und wir verbrachten eine Ewigkeit damit, füreinander zu brennen.

Könnte ich sagen, dass es eine große platonische Liebe war? Ich bin mir nicht sicher, ob es so etwas gibt.

Er dachte viel, und sein großer Liebesgedanke war, dass er den Müttern die Mädchen wegnehmen müsse. Ich merkte, dass er selbst noch dabei war, sich von seiner Mutter zu lösen. Man musste sich nur Fotos ansehen, um festzustellen, wie sehr er ihr körperlich und geistig glich. Dabei verbarg er unter dem Stein seines Herzens den Kummer und die bodenlose Scham für seinen Vater, sein Geheimnis, den schweigenden Vater.

Ich wollte weder etwas von seinem Vater noch von seiner Mutter, ich wollte ihn. Ich bat ihn so beharrlich darum, dass er sich auf die Suche nach sich selbst machte. Er trat die Reise in die Vergangenheit an, und sie war lang. Er kam vom Weg ab, fand zurück und verirrte sich wieder. Zeitweise fand er sich selbst.

Am Ende war er erschöpft, er kehrte nach Hause zurück und wartete auf den Tod. Alles zwischen uns drückte sich im Irrealis aus. Ich hätte mir so gewünscht, nie bezweifeln zu müssen, dass es für uns nicht der richtige Modus war.

16

Mit meiner vierten Liebe lernte ich den Analverkehr kennen. Er sagte, er selbst sei in diese Praxis von einem Mädchen eingeführt worden, das er beim Autostopp mitgenommen hatte. Sie hatte ihm ihre Telefonnummer gegeben, und sie hatten sich ein paar Mal getroffen. Sie machte es nur auf diese Weise, also musste er sich wohl ans Werk machen!

Und nun wollte er es mir beibringen. Meine Rose scheut nie vor einer Gelegenheit zurück, hinzuzulernen. Ich erinnere mich nicht mehr, ob er beim ersten Mal Gleitmittel aus der Tube benutzte oder nur seinen Speichel, auch nicht, ob ich auf dem Bauch oder auf dem Rücken lag. Er hatte gleich gesagt, dass es von hinten einige körperliche Unannehmlichkeiten mit sich bringen könnte, und dass ich mich nicht dafür schämen müsse, wenn es so wäre.

Das Vorspiel hatte mich total erregt und willfährig gemacht. Soweit ich mich erinnere, ging für ein erstes Mal alles gut, das heißt, es ist nichts passiert, was mir die Lust geraubt hätte, es wegen der ganz besonderen Eigenart dieses Gefühls von Zeit zu Zeit wieder zu tun.

17

Eine meiner acht Lieben war ein Junge in meinem Alter. Wir lernten uns zwar erst mit über vierzig kennen, aber ich sage »Junge« und »in meinem Alter«, weil ich ihn auf Anhieb als Bruder betrachtete. Als ob ich meine Kindheit und Jugend mit ihm verbracht hätte, und als ob in der Zwischenzeit nichts passiert wäre, bevor wir uns wiedertrafen. Weder aus der Nähe noch von fern sah er einem meiner drei Brüder ähnlich, auch mir nicht, aber es war so: Er war mein liebster Bruder.

Ich erzählte es ihm gleich. Er sagte nichts dazu, er ist ein sehr besonnener und wenig geschwätziger Mann, der sich ganz gewöhnlich gibt, wo er doch ganz ungewöhnlich ist.

Er dachte so lange Zeit, er sei hässlich, dass er es am Ende geworden ist. Doch wenn er die Maske ablegte, kam seine physische Schönheit wieder zum Vorschein. Frauen haben die Angewohnheit, Schönheitsmasken auf Gesicht und Seele aufzulegen. Bestimmte, sehr sensible Männer legen sich psychisch oder physisch Hässlichkeitsmasken auf – auf die schmerzhafte Gefahr hin, mit der Maske auch die Haut abzuziehen, wenn sie sie zu lange getragen haben und dann abnehmen wollen.

Kurz nach unserem ersten Treffen erzählte mir jemand, er habe einmal einen geschäftlichen Termin mit ihm gehabt und hätte sich sein Hotelzimmer öffnen lassen müssen, wo er sturzbetrunken auf dem Bett lag, umgeben von leeren Flaschen und Pornoheften. Da mochte ich ihn gleich.

18

In beliebiger Reihenfolge ... Ich liebte einen feinen jungen Mann, einen Geistesmenschen, der ein bisschen aussah wie Bob Dylan und ein bisschen wie Alain Delon und der mir zwei Kinder schenkte; ich liebte einen wunderschönen Orientalen mit Rehaugen; ich liebte einen hübschen kleinen Strolch aus der Vorstadt, mit schwarzen Haaren und ultramarinblauen Augen; ich liebte einen sehr großen, prachtvollen blonden Sportler, der für einen berühmten Maler Modell stand; ich liebte einen süßen, zierlichen Zauberer; ich liebte einen großen Schwarzen mit dröhnendem Lachen; ich liebte einen Don Juan, ein Monument aus Muskeln und Sehnen, er war mein Herr und mein Kind; ich liebte einen schönen, fröhlichen Jungen, der allen Frauen und auch vielen Männern gefiel, er schenkte mir Blumen und zwei anderen Frauen Kinder; ich liebte einen Mann, der mich auch liebte – mit seinem Fotoapparat; ich liebte einen lustigen kleinen Araber, der eine sehr lange Zunge hatte; ich liebte einen jungen Reporter, der mich in der Metro gierig küsste; ich liebte einen schönen finsteren Mann, der mir seitenweise Briefe mit Tintezeichnungen schickte und den ich mit seiner Rockband auf der Bühne sah; ich liebte zwei Schriftsteller; ich liebte Männer, die ich nur in meinem Kopf liebte oder die es nur in meinem Kopf gab; ich lernte mit meinem Körper Männer kennen, die ich mit dem Kopf kaum kannte; ich liebte mich, wenn ich allein war und mir einen Mann gönnte; ich habe Gott geliebt – so sehr und ohne es zu wissen, dass er sich mir schließlich offenbarte. Ich habe geliebt, ich liebe, ich werde lieben.

19

Meiner siebten Liebe gefiel es, wenn ich ihn beim Essen, oder wenn er vor dem Computer saß, unter dem Tisch lutschte. Mir gefiel das auch, es war wohl sogar meine Idee gewesen.

Meine erste Liebe mochte es, wenn ich ihm unterhalb des Fensters einen runterholte, während er hinaussah. Es war seine Idee gewesen, und ich machte es gern.

Meine fünfte Liebe war so schön wie faul. Ich musste ihn ins Schlafzimmer führen, ihn ausziehen und aufs Bett legen, wo er darauf wartete, dass ich mich um alles kümmerte. Er war wunderbar ausgestattet, und ich genoss ihn in vollen Zügen. Wenn er nicht sehr steif wurde, sagte ich mir, dass ich vielleicht nicht unbedingt sein Typ sei, schließlich hatte immer ich ihn gebeten zu kommen; aber das machte mir nichts aus.

Meine sechste Liebe war so jung – obwohl er schon mit ziemlich vielen Mädchen geschlafen hatte –, dass er noch nie eine Frau in richtig sexy

Dessous gesehen hatte; ich zerfloss bei der Erregung, die ihn dabei ergriff.

Wenn wir nicht allein waren, brachte ich meine zweite Liebe oft in der Hose zum Abspritzen; manchmal vögelten wir auch zu mehreren im selben Zimmer.

Meine vierte Liebe war sehr viel älter als ich und hatte viele Frauen gehabt (das machte mich sehr eifersüchtig); er sagte, er habe noch nie eine Frau getroffen, die sich so vollkommen hingab wie ich.

Mit meiner achten Liebe lernte ich die Lust kennen, die einen packt, wenn man auf einem fliegenden Teppich abhebt.

Meine dritte Liebe konnte nicht genug davon bekommen, meine Rose zu küssen; wenn er seinen Schaft einführte, konnte er ihn stundenlang in allen Rhythmen rein und raus gleiten lassen.

20

Mit einem Mann ging ich an Strände, wo alle nackt waren. Ich wählte ein Mädchen oder eine Frau aus, die mir gefiel, und ließ ihn fantasieren und ihretwegen abspritzen, während wir sie heimlich beobachteten.

Ich kam auch durch die heitere Anerkennung unserer Perversion und das Ausleben aller unserer Ichs.

Wir waren sexbesessen, wir dachten die ganze Zeit nur daran, uns gegenseitig zu erregen.

Wir vögelten zum Beispiel, bevor wir in ein Restaurant gingen, und hörten vor dem Höhepunkt auf, damit wir während des ganzen Essens nur daran dachten und, wenn wir allein am Tisch saßen, auch nur von dem sprachen, was uns danach erwartete.

21

Ein anderer, der mich vögelte, sobald ich das Haus betrat, holte sich einen runter, wenn ich nicht da war. Ich hatte es bemerkt, weil ich sehr aufmerksam bin für die Dinge, die mich interessieren.

Wenn er nicht zu Hause war, holte ich seine Pornohefte, die er versteckte wie ein Hund seinen Knochen, und legte sie später wieder an ihren Platz zurück, ohne etwas zu sagen.

Dieses Hin und Her erregte mich und regte mich auf. Ich weiß nicht, wie – aber am Ende sprach er mir das Recht zu, ihm auch dann einen runterzuholen, wenn er seine Magazine ansah. Ich glaube, ich wollte an seiner Stelle sein, mich wie ein Mann verhalten, wollte mir selbst das Gefühl geben, mit meinem eigenen Schaft zu spielen und auf diese Schweinereien zu spritzen.

22

Mit einem Mann schloss ich die Wette, ihn einen Monat lang, komme, was wolle, auch bei Zeitmangel und großer Müdigkeit, täglich zu lutschen und seinen Saft zu schlucken. Bis Mitternacht musste der Dienst erfüllt sein.

Ein paar Tage vor dem Ende wurden wir es schließlich müde, aber es war schön gewesen, diese Wettschuld einzulösen.

23

Welche Leidenschaft hat mich gepackt, mich diesem Mann, meiner achten Liebe, hinzugeben? Ich bin wirklich komisch! Er war so geheimnisvoll. Man konnte meinen, ich hätte all meine Liebe aufgewandt, diese unzerstörbare Masse an Liebe, die ich ihm unaufhörlich zeigte und ihm bezeugte, als wollte ich wie mit Widderhörnern die Tür seiner Seele aufstoßen, um zu sehen, was sich dahinter verbarg.

Seinen Schaft sah ich nicht, aber alles andere sah ich so gut, dass es sehr viel indiskreter wäre, davon zu erzählen, als in allen Einzelheiten eine Orgie zu schildern, an der wir teilgenommen hätten.

24

Mit vierzehn verliebte ich mich ein bisschen in Mädchen. Eines Nachts, ich war im Internat, kroch ich zu einer meiner besten Freundinnen ins Bett. Sie hatte eine kleine phosphoreszierende Madonna, die wir lange unter der Decke betrachteten. Wie ein glänzender Penis zwischen unseren Körpern – sehr zart und sehr verführerisch zu teilen.

Flüsternd brachte sie mir ein Gebet bei, weil ich keines kannte.

Andächtige Worte lautlos und heimlich an eine zweifelhafte Gottheit zu sprechen, bleibt für mich auf ewig mit dem Gefühl eines warmen Körpers an meinem Körper verbunden. Und im Zentrum dieses Geheimnisses stand diese schimmernde Figur, diese fast figurlose Figurine – phallisch und weiblich und rein zugleich –, die nur im nächtlichen Mysterium unseres aneinander gepressten Fleisches in dem schmalen Bett leuchtete, in dieser verbotenen Situation (wäre die Aufsicht gekommen und hätte uns entdeckt, hätte sie das

Schlimmste gedacht) und beim Sprechen und Nachsprechen dieses unbekannten Gebets, dieser ebenfalls verbotenen Worte (wenn meine atheistischen Eltern mich gehört hätten!), die mich ein wenig abstießen und doch sehr anzogen.

25

Diese Freundin mit der Madonna war ziemlich mager, aber mir gefielen vor allem Mädchen, die ein wenig drall waren, ohne Sexbomben zu sein, Mädchen mit durchscheinender Haut, die Gesundheit und Unschuld ausstrahlten.

Ich mag nur Menschen, Frauen wie Männer, bei denen man Unschuld oder Reinheit erkennen kann. Aber manchmal, auch auf die Gefahr hin, schwer enttäuscht zu werden, interessierte ich mich für Männer, die etwas Teuflisches an sich hatten, und ich stellte mir vor, dass in ihrer Finsternis eine kristallklare Quelle verborgen war.

Das ist wohl eine weibliche Illusion. Wir haben es doch so oft gesehen: Die Bösen sind eben verhärtet oder geläutert bis ins Mark. Versucht man, sie wieder auf den Weg ihres eigenen Lichts zu bringen, entfesselt und offenbart man nur ihre niedrigsten Neigungen, ihre, zumindest symbolischen, Mordgelüste und ihr Bedürfnis, ihren Müll auf andere abzuladen.

26

Ich träumte davon, mich vor ihm in tiefer Ehrfurcht zu verneigen, dabei mit der linken Hand sein Juwel aus der Hose zu holen und zu küssen wie den Ring eines Paten.

Die gleiche Szene stellte ich mir auch mit ihm im Anzug vor, dann hing das Juwel aus dem offenen Hosenschlitz, ich nahm ihn vorsichtig in die Hand und drückte ehrerbietig meine Lippen darauf.

Ich träumte, ich sei so klein, dass er mich in die Hosentasche stecken könnte, wo ich den ganzen Tag über warm in seinem Duft weilte, wo er mich in die Hand nehmen und mich während eines Geschäftstermins oder bei sonst einem Anlass spüren könnte.

Ich träumte davon, noch kleiner zu sein, damit er noch größer war.

Ich träumte davon, seinen Saft aufzufangen, mich damit nass zu machen und während seiner Abwesenheit zu reiben.

Ich träumte davon, diesen Saft aufzufangen, ihn mit meinen Fingern zu bearbeiten und einen Stoff daraus zu machen, aus dem ich einen durchsichtigen zarten Altar kneten könnte, um ihm zu huldigen.

27

Ich träumte davon, dass ich an seiner Stelle käme und er an meiner.

Denn dazu waren wir beide fähig.

28

Mit meiner siebten Liebe vögelte ich auf einem leicht abfallenden Ziegeldach. Es war seine Idee gewesen; er zog durchs Oberlicht eine Matratze aus seinem Zimmer hinauf, und wir machten es dort oben über der Stadt voller Dächer und Kuppeln und unter dem strahlend blauen Himmel voller rasender Kurven des schwarzen, schrillen Flugs der Mauersegler.

29

Meine dritte Liebe bescherte mir den besonderen Schauder, mich von seinen schlanken Musikerhänden spielerisch würgen zu lassen, während sein Schaft unermüdlich in meiner Rose aus und ein glitt.

Andere Männer hatte ich nie darum gebeten, aber wenn ich auf dem Rücken liege und sie auf mir sind, schiebe ich mich oft nach hinten und ziehe sie mit, bis mein Hals auf der Bettkante liegt, und lasse meinen Kopf baumeln, während sie mich durchbohren.

Manchmal mache ich es auch so, wenn ich auf dem Bauch liege, doch wenn der Kopf mit dem Gesicht nach unten hängt, ist es ein ganz anderes Gefühl – auch ein Gefühl der Hingabe, aber eher so, als würde man nicht in die Unendlichkeit gleiten, sondern ins Grab.

30

Jede Stellung, jedes Gefühl hat seine eigene Poesie und Philosophie. Jeder Koitus, auch wenn er rasch ist, auch wenn er roh ist, sollte ein Kunstwerk sein.

31

Einer vögelte mich in einem Aufzug, der über nur vier Etagen ging. Wir kamen von einer Abendgesellschaft zurück, auf der wir, mitten unter Menschen, heimlich unsere Erregung am Kochen gehalten hatten. Kaum schloss sich die Aufzugstür, drückte er mich mit dem Gesicht zur Wand, schob mein Kleid über meinen Hintern und zog meinen Slip über die Strümpfe herunter. In einer verblüffenden Geschwindigkeit holte er seinen Schaft aus der Hose und steckte ihn in meine Rose; nach ein paar heftigen Stößen kam er und brachte auch mich dazu, noch während der Fahrt zu kommen, kurz bevor der Aufzug hielt.

32

Beim Schreiben dieses Hefts bekomme ich Lust, mich zu reiben. Die Hand, die schreibt, ist die Hand, die reibt. Könnten Frauen so masturbieren wie Männer, würden auch sie großartige Bücher schreiben.

Schreiben lässt Farbe entstehen. Ich würde mich gern mit einer Hand voller Ölfarbe reiben.

Ich würde mich gern mit beiden Händen reiben, wenn sie voller Ölfarbe sind, und mir die Farbe hineinschieben.

33

Meine vierte Liebe mochte es sehr, wenn ich seinen Schaft mit Sahne oder Marmelade einschmierte und lutschte. Das gab einen interessanten Geschmack im Mund. Vor allem, wenn sein Saft kam.

Ich kann mich nicht mehr entsinnen, ob er mir einmal Sahne auf die Rose geschmiert und mich dann geleckt hat.

Aber jetzt, wo ich darüber nachdenke, erinnere ich mich gut, dass er mich gern rasierte. Ich hatte ein wenig Angst, aber ich mochte es. Immer wieder hielt er mir einen Spiegel zwischen die Schenkel, damit ich sah, wie seine Arbeit voranschritt und wie nass ich wurde, während er seines Amtes waltete.

34

Mit zwanzig kann man eine ganze Nacht und noch den ganzen darauf folgenden Tag vögeln, ohne das Bett zu verlassen.

Dann geht diese glückliche Zeit vorbei, und man muss sich etwas ausdenken, damit es nicht langweilig wird.

35

Einer meiner ersten Männer nahm mich mit in eine verfallene Kirche, zu der eigentlich der Zutritt verboten war. Er war Medizinstudent und bewahrte in einem Geheimschrank in seinem Zimmer Totenköpfe auf, die er nachts auf Friedhöfen ausgrub.

Er führte mich auf den Glockenturm und ging hinter mir die schmale, halb zerstörte Wendeltreppe hinauf. Ich hatte noch nie Höhenangst. Als wir oben auf dem wackligen Steg über dem Abgrund standen, sah er mir in die Augen und sagte ganz ernst: »Ich könnte dich jetzt hinunterstoßen, niemand würde es je erfahren.«

Ich lachte, und wir stiegen wieder hinunter. Danach ging ich Männern seiner Art möglichst aus dem Weg.

36

Ein anderer meiner ersten Männer konnte nichts außer Tränen auf mich vergießen. Es war eine Sommernacht am Strand, wir saßen nebeneinander im Sand und sahen auf das schwarzweiße Meer hinaus. Zitternd gestand er mir seine Liebe. Ich mochte ihn sehr, aber er gefiel mir nicht gut genug, um mit ihm zu schlafen; stattdessen ging ich mit einem seiner Freunde, und er musste jeden Tag mit ansehen, wie ich den anderen vor seinen Augen küsste und streichelte.

Dieser Koloss, ein Biker in schwarzen Kleidern, begann untröstlich zu weinen. Ich ließ ihn seinen Kopf auf meinen Schoß legen, und er vergoss seine Tränen, während ich ihn umarmte, die linke Hand auf seinem Herzen, und ihm mit der rechten zärtlich durchs Haar strich.

37

Ich mochte schon immer den Geruch eines Schafts auf meiner Haut. So lange es geht, wasche ich mir die Hände nicht, wenn ich einen berührt habe. Jeden Augenblick halte ich mir die Hand unter die Nase und sauge den Geruch tief ein; das finde ich viel besser als einen Schwall Äther.

Ich mag es auch, mich nach der Liebe nicht gleich zu waschen. Wenn ich zu Hause bin, stecke ich meine Finger in meine Rose, um wieder und wieder unsere vermischten Gerüche einzuatmen. Wenn ich es nicht zu Hause gemacht habe, kann ich mich am Abend, wenn ich heimkomme, noch einmal an meinem nachmittäglichen Geheimnis weiden.

Er kennt meine Vorlieben und hält mir bei der Liebe immer wieder seine Finger mit meinem Geruch hin oder gibt mir gleich seinen Schaft; er zieht ihn kurz aus meiner Rose, damit sich, von meinen bebenden Nasenlöchern ausgehend, die Freude über mein ganzes Gesicht ausbreitet.

38

Ich finde, die Natur hat es gut eingerichtet, dass ich dem Mann das Geschenk machen kann, vorn meine Rose, hinten meine Rosette und in meinem Gesicht meinen Mund zu lieben.

In großen Momenten kann man abwechselnd alle drei Öffnungen in beliebiger Reihenfolge benutzen. Man ist nur zu zweit, und doch macht einen das verrückter als eine Orgie mit vielen Leuten.

Wenn man bei der Liebe das Gefühl und den Geschmack für die Orgie verliert, verliert man fast alles. Ich mag es zum Beispiel, wenn der Mann auf allen vieren ist und ich ihn beißen und kneten und auf den Hintern schlagen kann; wenn ich mich hinlegen kann, mein Gesicht unter seinem hängenden Juwel, an ihm knabbern und lutschen und mir seinen Schaft bis zu den Mandeln hineinschieben kann. Dann stehe ich auf und mache es ihm von hinten, ich lecke seine Rosette und stecke ihm die Finger hinein. Ich mag es, unter seiner

Haut die Flut zu spüren, die in einer großen Woge kommt und schwer aufs Laken oder auf den Boden fällt.

39

Meine Rose ist eine Knospe, die sich nur öffnet, um das Licht des Mannes aufzufangen und wieder abzugeben.

Sie hat ihren eigenen Stängel, voller Dornen gegen diebische Finger.

Meine Rose ist ein privates Bordell, das nur die Auserwählten meines wachsamen Herzens betreten dürfen. Ihre mit Glasscherben bewehrten Mauern reizen anspruchsvolle Männer. Kavaliere, holt eure Lanzen hervor – in mich dringt man nur kämpfend ein!

Meine Rose ist ein köstliches rosa Salatherz, eine Schnitte weichen Brots mit gesalzener Butter und Rosenblätterkonfitüre, ein berückendes Stück Baguette, eine rosenfingrige Eos.

Es wundert mich, dass niemand sie hört, wenn die Lust sie befällt – dabei ist sie doch ein dröhnender Hubschrauber. Ihr Motor läuft heiß, ihre Rotorblätter drehen sich so schnell, dass sie unsichtbar werden wie der Wind, den sie macht und der um sie herum in Wallung gerät. Schnell einsteigen, wir starten!

Hört ihr das unter meinem aufflatternden Rock?

40

Hier ist meine Rose. Ehrt sie mit den Augen, der Nase, mit der Zunge und den Fingern, schiebt euren Schaft hinein, treibt euch hinein bis zu ihrem Herzen, das auch das meine ist.

Das Herz meiner Rose wird deinen Schaft zerkauen, aber auf ganz sanfte Weise. Wundere dich nicht, wenn du hörst, dass ich beim Vögeln »mjam, mjam« sage. Hab keine Angst: Jeder weiß zwar, dass Frauen fleischfressende Pflanzen sind, doch nur die unerfahrenen unter ihnen verschlingen die Schäfte wirklich.

Mein schönes großes Marshmallow, ich entsafte dich, drücke dein Inneres heraus; doch sei beruhigt, ich bin das Füllhorn, in dem du wiedergeboren wirst und das du immer wieder und immer ausgiebiger füllen wirst, Bonbon-Phönix.

41

Vor dem Einschlafen berühre ich gern meine Rose. Meine zwischen die Schenkel gebetteten Hände ähneln Flügeln, die für die Zeit des Träumens angelegt sind.

Wenn sich am Morgen die Knospen des Schlafs langsam öffnen, suche ich mit noch geschlossenen Augen meine Flügelhände. Sie liegen, vorne an meinen Armen, irgendwo im Bett und hüten das Geheimnis ihrer nächtlichen Streifzüge. Mit der Zunge wasche ich mir die Finger, bevor ich die Augen öffne.

42

Ich kannte Dichter, die nur ihre rechte Hand liebten.

Einer trank dabei und weinte dann.

Der andere lachte danach und spuckte auf die Frauen.

Ich kannte Dichter, deren rechte Hand ich gern gewesen wäre.

Brunnen, ich trinke euer Wasser.

43

Hinter meiner Rose befindet sich ein geheimer Ort.

G-Punkt nennt man ihn, doch wo ist das G in Rose?

Und es ist auch kein Punkt, sondern ein sanft ansteigendes Hügelchen in Reichweite der Hände, es geht auf wie Brotteig, wenn man dort entlang spaziert, und ist mit winzigen, zarten Büschen geschmückt.

Dahinter, dort, wo ich nicht hinfassen kann, ist der Quell, der Ausgangspunkt des Strahls, der sein Geheimnis nicht preisgibt.

44

Vor langer Zeit träumte ich, dass ich meinen Vater lutschte. Es ging alles sehr sanft vonstatten, aber als ich erwachte, war ich doch ein wenig verschämt. Dann sagte ich mir: »Na gut, Rosa, es ist nun mal passiert. Nichts zu machen.«

Und in der Tat hatte ich nie wieder einen solchen Traum. Ich glaube sogar, ich habe nie wieder von meinem Vater geträumt. Ich glaube auch, dass man nur das Licht anschalten muss, um die Geister zu vertreiben.

45

Ich hatte einen Mann mit seltsamen Fantasien: bei einer Vergewaltigung abspritzen – die Frau vergewaltigt den Mann oder der Mann vergewaltigt die Frau. Die Frau in ihm meinte, dass die Frau mit Gewalt genommen werden wolle.

Die Frau in mir will mit Liebe genommen werden. Ich habe es ihm gezeigt und es gemacht. Er hat verstanden.

46

Meine Rose ist verrückt nach Fingern, meine Rose ist verrückt nach Zungen, meine Rose ist verrückt nach Schäften.

Wenn ich mit einem Mann ins Kino oder ins Theater gehe, ziehe ich meist einen Rock an und nichts darunter, damit er während der ganzen Vorstellung seine Finger dort bewegt und mich entspannt kommen lässt.

Meine Rose kann kommen, sooft sie will. Je länger es dauert, desto sensibler wird sie, bis sie eine ganze Salve von Orgasmen haben kann, die manchmal so schnell aufeinander folgen, dass sie zu einem Krampf verschmelzen, der auch dann nicht aufhört, wenn der Schaft des Mannes abschwillt und herausrutscht. Woher nehme ich die Kraft, ihn anzuflehen: »Bleib, bleib noch…, es geht weiter…«?

Meine Rose ist verrückt nach Fingern, die sie reiben und sich in sie hineinschieben, nach Zungen, die sie lecken und umschmeicheln, und vor allem nach dem Schaft, der in sie eindringt und mit dem sie sich vereinigt.

Die Schrecksekunde der Penetration. Der Reiz des Rein und Raus, der Wiederholungen, der Variationen, der Rhythmen … Der unverhoffte erste Orgasmus, oft brüsk und kurz, dann die wachsende Erregung, die eine Reihe weiterer, längerer Orgasmen auslöst; der Körper, der sich biegt und seine Pfeilsalven abschießt, der Körper, der zu Wasser wird und aufbrandet … Der Mund, der sich währenddessen öffnet, beißt und spuckt, der Mund, der den anderen Mund sucht, damit sich die Zungen vereinen, die Zähne aneinander stoßen, an Zunge und Lippen knabbern, oder der Mund, der sich fernab des anderen Mundes selbst auf die Lippen beißt, die Zähne aneinander reibt, die Finger lutscht … Das Trommelfell, das anfängt zu vibrieren … Die Nägel, die kratzen … Die Schenkel, die sich aneinander drücken … Der Kopf, der zurückgeworfen wird … Die Liebe, die aufsteigt, weiter und weiter, und das Gehirn auflöst, das klopfende Herz öffnet, jede Trennung aufhebt.

47

Ich trage gern enge Hosen, die in die Poritze schneiden. Mitunter verführten schon allein meine Hinterbacken: Ich ließ mich von jemandem auf der Straße ansprechen, der hinter mir gegangen oder gefahren war und schon mit mir gesprochen hatte, bevor er noch mein Gesicht sah.

Ich mag das Gefühl, das mir mein Hintern gibt.

Ich mag es, wenn man die Backen richtig in die Hände nimmt.

Die Backen sind sehr muskulös, und wenn die Finger oder der Schaft nicht den richtigen Zeitpunkt abwarten, um einzudringen, lassen sie nichts durch.

Ich benutze diese Muskeln auch gern, um einen Schaft zu drücken, zu kneten und zu kosen, wenn er in dem tiefen Tal liegt, das ich für ihn geöffnet und wieder über ihm geschlossen habe. Ich komme auch ohne Penetration; in der Poritze.

48

Wenn man hohe Absätze trägt, drückt man das Kreuz durch und wiegt sich schön in den Hüften. Schön für den, der es sieht, aber auch für die, die es macht und dabei spürt, wie die Muskeln spielen und sich bis zum Kreuz spannen.

Zieht man gleichzeitig den Bauch ein, dann erwacht die Rose, die von allen Seiten von den natürlichen Gurten des Körpers eingeschnürt ist, und sie genießt jeden Schritt wie eine sanfte Penetration.

So, fest eingebunden, küssen sich während meiner Spaziergänge die Blätter meiner Rose um ihre Mitte herum.

49

Meine fleischige, weiche Rose – wenn ihre Blätter sich öffnen, entströmt ihr Duft. So lieblich … Ach, könnte ich doch meine Nase hineinstecken!

50

Ich kleidete meine Rose in einen Pelzmantel, darunter summt sie ein lächelndes R und flüstert dabei: »Rein, komm rein!«

51

Meine Rose »ist ohn' warumb, sie blühet, weil sie blühet, sie acht't nicht ihrer selbst, fragt nicht, ob man sie siehet«, wie der Dichter sagt. Meine Rose ist ein helles Nichts im Schatten, ein dünner Lichtpunkt in der Nacht, ein dunkler Schacht im Herzen des Lichts ... Meine Rose ist dein Nichts und vielleicht auch das meine. Ich will es ihr sagen, aber sie bescheidet sich mit der Stille der Sphären.

52

Wenn sich meine Rose bei der Liebe öffnet, ist sie ein Herd heiß glimmender Glut. Sie bewegt sich reglos, starrt euch an mit diesem dummen Blick, der Wissen schenkt. Das dritte Auge, in der Mitte die Pupille, eine tiefe Bergschlucht, die Verheißung des Nichts.

Komm, fall in das schwarze Loch, und ich mache dich zu Asche.

53

Wie dein Schaft ist auch meine Rose ein wildes Tier. Die menschliche Gesellschaft hat sie für uns in Käfige gesperrt, wo sich ihre Scham und ihre Begierde im Kreis drehen. Welche Träume haben die beiden? Welche Träume haben sie verloren? Sie werden im Zoo, auf dem Computermonitor oder im Fernsehen ausgestellt und sehen sich nur noch im blinden Spiegel unserer Seele.

Doch selbst wenn sie im Bilderkäfig nicht greifbar, ja unberührbar sind, so erregen sie uns doch: weil wir ihnen unsere Träume leihen, wenn sie selbst keine mehr haben. All unsere Träume ziehen sich in ihnen plötzlich zu einer einzigen brüllenden Armee der Ungeduld zusammen.

Töte den Traum, schnell! Das wünschen sich unsere Träume, wenn sie zu einer einzigen Farbe zerfließen.

54

Dein Himmel ist voller Rosen als Tausende von Bildpunkten, aber hast du den Stern entdeckt, wo jene lebt, die von dir träumt?

Wenn du allein bist, mein Freund, ja, dann sollst du wissen, dass es auch im Himmel eine Rose gibt, eine, die man nur mit dem Herzen richtig sieht, eine, die wartet, dass du den Blick hebst und sie liebst.

Sieh hin. Und erhelle die Nacht, bringe Licht in deine tiefe, tiefe Einsamkeit. Lass deine Hand deinen Schaft begleiten und bringe der Rose des Himmels ein Opfer dar, lass deinen Saft zu ihr aufsteigen und aufspritzen. Zeig ihr, dass du für sie kommst. Aus der Tiefe des Himmels betrachtet dich ihr feuchtsamtenes Auge, und so lange, wie deine Huldigung währt, flüstert sie dir zu: »Ja … Das ist schön … Ich liebe dich.«

55

Sie rollt sich in ihre Blätter ein, meine Rose. Das macht sie stark, lässt sie erzittern, macht sie jubilieren, in ihren zarten, rosenzarten warmen Blütenblättern jubilieren. Ah, in ihrem Freudentaumel nimmt sie ein Bad, sie parfümiert sich und lacht, weil sie sieht, dass sie die Königin dieser Liebkosungen ist.

56

Wenn du nachts frierst, wenn die Gedanken unaufhörlich in deinem Kopf kreisen, wenn du nicht schlafen kannst, dann schiebe deine Hand in meine Blütenblätter, schiebe deinen Schaft in meine Rose, sie brennt immer heimlich in meinen Träumen; schlüpfe von der geträumten Rose ganz tief in mich hinein, wo es mein Geliebter immer gut hat, wo die Liebe fließt, wo das Paradies sich öffnet, ächzend und lechzend nach menschlichen Säften.

57

Da war der, den ich mitten in der Nacht belauerte. Aus Instinkt wurde ich wach und schlich zu seinem Büro am Ende des Gangs.

Alles war mucksmäuschenstill, ich brauchte tausend Jahre bis an seine Tür, ohne dass das Parkett knarrte. Normalerweise knirschte schon die kleinste Bohle, er wusste das und konnte sich daher in Frieden wähnen – wenn ich aufstand, würde er mich auf jeden Fall hören.

Mit jedem Schritt wurde meine Lage heikler; kalter Schweiß brach mir aus, immer wenn meine Zehen, kaum dass ich auftrat, die ersten Töne eines Klagelieds des alten Holzes heraufbeschworen. Wie würde ich aussehen, wenn er plötzlich die Tür aufriss? Wie die perverse Spionin, die ich war? Nur mein Wahn trieb mich weiter, ich musste sehen, was sich dort hinten abspielte, man konnte meinen, mein Leben hinge davon ab; ich war nur noch ein Konzentrat des Triebs im Dienste eines fantastischen geistigen Hungers.

Ein schwaches, einmal weißes, dann wieder bläuliches Licht drang unter der Tür hindurch, und ich hörte ganz leise Geräusche, Stimmen und Musik, so undeutlich wie die Worte eines Schlafenden.

Der Riegel war vorgeschoben, ich blickte erst durchs Schlüsselloch. Ach, dieses Loch war ein Geschenk des Himmels, ich konnte direkt zu seinem Sessel sehen. Ich sah nur ein Bein und einen Arm von ihm, doch dieser Arm bewegte sich regelmäßig auf und ab. Mein Gott, ich wurde fast ohnmächtig vor Freude, als ich das sah! Ach, was hatte ich für ein Glück! Ein Pirat, der gerade auf einer Insel einen kostbaren Schatz gefunden hat, könnte nicht glücklicher sein als ich in diesem Moment.

Vor Neugier, Angst und einer Erregung, die mich bis zu den Fingerspitzen steif werden ließ, waren meine Nerven zum Zerreißen gespannt; vorsichtig drückte ich die Tür auf. Ich musste jetzt unbedingt seinen steifen Schaft sehen. Mir stockte der Atem; im schützenden Dunkel schnaufte ich wie in achttausend Metern Höhe. Ich konnte den Spalt so weit öffnen, dass ich das ganze Bild sah, oder zumindest das, was in jenem Augenblick das große Alles und die Mitte der Welt war, diesen erigierten Schaft in seiner Hand, die er langsam auf und ab gleiten ließ. Bei den erregendsten Stellen des Videos wurde die Hand jäh schneller, dann hielt er lange genug inne, um wieder zu einer relativen Ruhe zu kommen; er zog seine Hand zurück oder ließ sie leicht darüber streichen, um sich seinen riesigen Schatz zu bewahren, den er züchtigte, um es andauern zu lassen.

Und es dauerte wirklich lange, auch ich hatte die Hand zwischen den Beinen und kam unaufhörlich, die Augen auf dieses Ding geheftet, dieses wunderbare Ereignis, das den Rest der Welt auslöschte. Sein Gesicht sah ich nicht so gut, aber ich merkte, dass es ihm immer schwerer fiel, sich zu beherrschen, manchmal entwich ihm ein Stöhnen, und ich weiß nicht, wie ich es verhindert habe, selbst laut aufzustöhnen.

Und dann kam es, noch und noch und noch ein bisschen. Als ich das sah, kam ich dort im Dunkeln, wie kein Tier kommen kann und wie es kein Mensch beschreiben kann.

Ich ging wieder schlafen, als hätte ich Flügel, ich lief so schnell, aber leicht, dass keine einzige Bohle Zeit hatte zu knarren.

Danach habe ich mit mehr oder weniger Erfolg jede Gelegenheit genutzt, einen Mann zu belauern, wenn er ganz mit sich allein war. Ich sage, ohne zu zögern, dass das erste Mal noch immer und bei weitem eine der schönsten Erinnerungen meines Lebens ist. Nun habe ich es niedergeschrieben, und meine Rose ist klatschnass.

58

Kleingeister verziehen das Gesicht und denken: Rosa schreibt über ihre Rose, um Geld zu machen. Ja, klar. Doch das könnte sie nicht, wenn sie nicht regelmäßig das Bedürfnis hätte, beim Schreiben zu kommen.

Und wenn Rosa dreißig Jahre ihres Lebens im Gefängnis sitzen müsste, würde sie doch ganze Papierrollen mit Tinte schwärzen oder Disketten mit noch glühenderen und noch viel verzweifelter, rasender, fröhlicher wuchernden Rosenranken füllen – auch ohne eine Möglichkeit zur Veröffentlichung.

Das Schreiben ist Rosas größte und beste erotische Perversion, auch wenn sie nicht von Rosen und Schäften spricht.

59

Und mein Fleisch ist eine Rose, meine Hände sind Rosen, die Finger Blütenblätter, meine Finger ein Strauß, jede Fingerspitze eine Rosenknospe, die kommt und geht und ihre Runden in meinem Tal der Rosen dreht. Das Wetter ist herrlich in meinem Rosengarten, Bäche plätschern, Vögel zwitschern, allerlei Getier lebt dort, und es gibt Bäume, unter denen Mann und Frau, nackt und glückselig, meine Frucht essen.

60

Meine Rose ist ein Baiser, eine Mimose, ein Lokum, ein Sauerkraut, eine Qualle, eine Krake, ein Mohnfeld, ein Hühnchen, ein Himbeerstrauch, eine aufgeplatzte Wurst, ein Auge, das euch vom Boden eines Weinglases ansieht, ein Robbenbaby, ein Balkon ohne Geländer im sechsten Stock, ein blinder Spiegel, ein Destillierkolben, ein Kaninchen, eine Wunde, ein Wolf, ein Schwamm, ein Gummi, eine Kreissäge, eine Hand, ein Handschuh, eine Mine, ein Labyrinth, eine Operation am offenen Herzen, eine Flasche Champagner, eine Distel, ein Flipper, ein Gezeitenkalender, eine Stimme aus dem Jenseits, eine kleine fluoreszierende Plastikmadonna, eine Dornenkrone, eine Milchstraße, eine Kerze, ein Nachtlicht, ein Wiegenlied, ein Federkissen, die hohe See, ein Boot im Mondenschein, ein Orkan, ein schwarzer Kumulus, ein Backofen, eine Waschmaschine, eine Schmuckkassette, ist Grab und Grube, eine Wiege, eine gischtende Welle, ein Grog, ein Schlafsack, ein

Hotelzimmer, ein Terrier, ein Wiesel, ein Rattenloch, ein Bienenkorb, ein Königspalast, ein Krug, eine gute Samariterin, eine Masseurin im Zofenkleid, ein Brillenetui, Geflügel zum Farcieren, Bonbon zum Füllen, ein Weinkeller, eine Million goldene Küsse, meine jetzige Lebenskraft, die Königin der Bienen, die Königin der Krüge.

61

Ich liege gern unter seinem Schaft wie unter einem Weinfass. Er kniet über meinem Gesicht und schiebt mir seinen Schaft in den Rachen, und ich lasse alles mit mir machen, bin meiner Trunksucht ganz ausgeliefert, auch mein Mund ist eine Rose, meine Lippen schwellen und kribbeln vor Erregung, sie schließen sich um den Schaft, der sich an ihnen reibt, Freudenspeichel fließt aus den Mundwinkeln, meine Zunge, mein Gaumen, die Innenseite meiner Wangen rufen nach der Gunst ihres Götzen, der sie kraftvoll vögelt, meine Zähne halten sich zurück, ja, es geht mir gut, das Nichts füllt meinen Kopf, ich bin alles, ich bin nichts, es geht mir gut.

62

Meine Rose ist ein Teufel, ein unartiges Mädchen, das mich zwingt, hinter den Jungs herzulaufen und sie einzuladen, sich mit mir in meinem Bett zu kabbeln wie damals, als ich acht Jahre alt war. »Die Tigerin« nannten mich meine Brüder, die beileibe keine Engel waren.

Ja, ja, sie ist es! Da kann sie noch so bieder, noch so unschuldig tun mit ihren Rehaugen unterm Schleier, ich weiß wohl, dass sie es ist, das Falkenweib, das Wiesel, das mich so wild und fleischeshungrig macht, sobald es eine Wonne wittert! Und dass ich dich erspähe, Rose, und dass ich dir ach so kleine appetitliche Tierchen aus ihrem Bau jage. Und dass ich sie dir reiße. Und dass ich wieder auf die Jagd gehe.

Oho, aber ich bin nicht dumm, ich kenne ihre Tricks … Und sie bereitete mir oft Schmerzen. Wenn sie mich zwang, ganz plötzlich zu neuen Abenteuern aufzubrechen. Wie oft spielte sie mir diesen Streich? Und außerdem, Rosa, mit deinen

Schuldgefühlen musst du selbst fertig werden, ich, die Rose, habe Besseres zu tun.

Vielleicht haben manche Männer meinetwegen gelitten, vielleicht ist einer meinetwegen sogar ein bisschen gestorben – ihretwegen, weil sie mich immer dazu treibt, mich in flammende Feste zu stürzen, wo ich die Kontrolle über mein Tun und Trachten verliere. Vielleicht haben auch meine Kinder gelitten. Vielleicht bin ich etliche Male vor Liebe gekreuzigt und selig gesprochen worden. Vielleicht habe ich den Fluss schon mehrmals durchquert – den des Todes, den des Vergessens.

Nur in ihr, in meiner Rose, ist meine Kindheit bewahrt, sie ist gewissermaßen mein Kind, mein Enfant terrible. Wie könnte ich ihr böse sein? Sie macht mich doch überglücklich! Und fröhlich, sanft, warm, unterhaltsam für meine Mitmenschen.

Durch sie steige ich bei jeder Drehung weiter und weiter in meiner Spirale hinauf. Und dann, eines Tages, ist die neue Liebe da unten, ich kann ihr die Hand nicht mehr reichen, ich bin zu weit weg, und so wird sie zu einer alten Liebe; und das tut weh. Ich frage meine Rose: »Warum?« Doch meine Rose ist ohn' warumb. Und mein Herz bittet um Verzeihung, aber meine Ros' ist ohn' Zeih.

63

Sie erzählt gern Geschichten, denn sie erzählt gern von sich selbst, meine Rose. Jedes Ereignis, ein Erdbeben oder ein Windhauch, lässt sie mit ihren Blütenblättern rascheln. Wie wild sie es treibt!

Angespornt von ihrer Erregung, treten die Schäfte vor ihr an und stehen stramm. »Wegtreten!«, sagt sie zu ihnen, und die Schäfte verlieren den Kopf. »Was will die Frau?«, kreischen sie.

Ihr seid aber auch dumm, ihr Schäfte! Wisst ihr denn nicht, dass ihr vor ihr paradieren sollt? Los, los, ihr Pfauen, schlagt das Rad! Ganz ratlos sind sie, die Schäfte. Wissen nicht mehr, nach welchem Wind sie ihr Fähnchen drehen sollen.

Soll ich euch etwas anvertrauen, Männer? Meine Hand zittert ein wenig, ich zögere, euch die Rosensache zu verraten, aber nachdem ihr mir die Ehre erweist, hier zu sein, und mir zuhört, wenn ich euch von meiner Rose erzähle, als würdet ihr sie interessant finden, nun, dann verrate ich euch eben ihr großes Geheimnis: Die Rosen wollen einen Morgen lang leben wie richtige Rosen: die letzte Süße der Nacht auf ihren geschlossenen Herzen, die Morgenröte öffnet sie und überzieht sie mit Tau, das Ansteigen der Wärme und das Aufsteigen des Lichts, die ersten Strahlen in ihren Blütenblättern ... Dann müssen sie nur noch so lange leben, bis sich ein neues Morgenrot ankündigt.

Ihr müsst vor den Rosen aufstehen, Männer, so wie die Sonne aufgeht, und eure Farben und eure Pracht entfalten, auch wenn sie unbeständig sind und ein schnelles Welken verheißen; das weiß man doch.

Und nachdem ihr euch in Prunk und Herrlichkeit gezeigt habt, müsst ihr euer Gefieder wieder weglegen, damit es keine Flecken bekommt und nicht ausbleicht, dann müsst ihr in eurer bloßen Nacktheit strahlen, euch in Zeit kleiden und das Versprechen des Tages halten, das bis in die Nacht währt.

64

Als ich klein war, stand in unserem Gemeinschaftsraum ein altes Klavier. Alle im Haus spielten immer mal wieder darauf, auch ohne es zu können. Eines Nachts fing es von selbst an zu spielen.

Ich stand auf, ging hin, starrte die weißen Tasten an, die sich im Dunkeln deutlich senkten und wieder hoben.

Dann war der Spuk vorbei, und ich ging wieder schlafen. Niemand sonst war wach geworden. Am nächsten Morgen sagte meine Mutter, es sei nur eine Maus gewesen, die über die Saiten im Resonanzkasten gelaufen sei.

Später habe ich begriffen, dass dieser Kasten wie meine Rose war, wo ein unsichtbares Tier meine Mundorgel zum Klingen brachte.

65

Meine Rose weiß auch sehr gut, dass die Stängel der Männer Dornen haben. Dass sie kratzen, wenn sie eindringen, und noch mehr, wenn sie sie herausziehen.

Ich kenne Frauen, die gern darüber sprechen; als suchten sie nur Stängel, um über sie in der Rosenhecke zu plaudern, die schweinischen Freundinnen.

Doch meine Rose – *nada*. Sie ist vor allem eine Wildrose und eine Einzelgängerin, und außerdem ist es ganz einfach: Sie erinnert sich nicht. Auch die Freuden vergisst sie leicht. So glaubt sie immer und macht einen glauben, es sei das erste Mal.

Meine Rose ist das Gedächtnis selbst, sie muss sich nicht erinnern.

66

Dass die Kinder in der Rose geboren werden, weiß man längst. Aber ist es nicht komisch? Je älter Frauen und Männer werden, desto mehr leugnen sie es.

Deshalb brauchen sie gelehrte Bezeichnungen, um das Ding zu benennen, das Kinder macht. Und je öfter sie die gelehrten Namen aussprechen, desto mehr Aufhebens müssen sie um ihre Worte machen, um Rose anstelle von Rose zu sagen.

Richtig stumpf sind die Kinder, die da herauskommen, die Stirn verbeult von Blättern aus Glas und Stahl.

67

Was ist Liebe? Wenn meine Rose unbedingt will, dass sie dieser Mann gießt, ist das Liebe? Wenn sie kein Verlangen mehr hat, ist das dann Ent-Liebe? Muss ich an jedem neuen Morgen meiner Rose gehorchen oder eher meinem treuen Herzen?

Das fragt sich Rosa und findet keine Antwort. Ihr Herz und ihre Rose sind Zwillinge, abwechselnd Bruder und Schwester, Freund und Feind. Das Herz sagt ihr immer, wie spät es ist, und weiß, dass seine Zeit endlich ist. Die Rose schweigt und hält sich für unvergänglich.

Dennoch dauert die Liebe an, und das Verlangen lässt nach. Wie schrecklich war es jedes Mal, wenn ich sagen musste: Ich liebe dich nicht mehr, denkt Rosa, denn die Wahrheit wäre gewesen: Ich begehre dich nicht mehr.

Und doch hört jeder Geliebte, jede Geliebte immer noch lieber: Ich liebe dich nicht mehr als: Ich begehre dich nicht mehr. Liebe ohne Begehren ist die größte Kränkung, eine umgekehrte Vergewaltigung. Und man ist weniger unglücklich darüber, nicht mehr begehrt zu werden, weil man nicht mehr geliebt wird, als liebenswert zu sein, aber nicht begehrenswert.

Und deswegen ist es ein Naturgesetz, dass die Rose immer das bessere Argument hat, auch wenn das Herz im Recht ist.

68

Meine Rose ist ein Roman. Wer ihn aufschlägt und liest, dem gehört sie, ohne ihm jemals ganz zu gehören.

Raus hier, du neugieriger, respektloser Sammler oder du, du hohnzerfressener Zyniker! Wer meine Seiten in Liebe durchblättert, für den sind sie wohltuend, die anderen werden schon merken, dass sie für ihre schmutzigen Blicke vergiftet waren.

Schäfte und Rosen, Tiger und Drachen, Eros und Thanatos, seien wir die beiden Hände der Welt, die Finger verflochten im Liebeskampf.

69

Zweitausend Jahre nach der Geburt des Gottes der Liebe, denn das ist unsere Zeitrechnung, wird jedes Jahr erotisch sein, oder es wird gar nicht sein: Eros ist das Leben.

Erotisch, erratisch – denn die Liebe ist ein unsteter Gott.

Christlich – denn das einzige Maß der Liebe ist, unmäßig zu lieben.

Aus Begierde entsteht Liebe, das ist ihr tägliches Wunder und ihre tägliche Grausamkeit.

Doch ist die Liebe zu zwei noch größeren, noch selteneren Wundern fähig: Lust zu wecken, wo sie niemals von selbst entstanden wäre, und sich der Lust zu widersetzen, wo sie nicht siegen darf.

Alina Reyes

DIE SIEBTE NACHT

Das intime Tagebuch einer ungewöhnlichen Leidenschaft.

Eine Frau und ihr Liebhaber treffen sich in einem anonymen Hotelzimmer. Sieben Nächte lang. Der Mann setzt für jede Nacht neue Regeln fest. Die letzte soll zur Apotheose der sexuellen Erfahrung werden, in ihr soll alles erlaubt sein. Sieben Nächte einer Liebe ohne Tabus – detailliert schildert die Frau ihre Erwartungen und Sehnsüchte, ihre Vorbereitungen auf die Nacht, das Hotelzimmer, den Akt in all seinen Facetten. Abgründig, sinnlich und provokant.

»Das erotischste Buch des Jahres!«

BILD-Zeitung 2005

BLOOMSBURY BERLIN